U0068239

又見東北季風

周慶華 著

序一：時空旅次中的呢喃

王萬象

　　人其實是一隻隻孤獨的蝸牛，背負著各式各樣重重的殼，爬行在自己的軌道上，不管陌生或熟識，無論志趣情性思想見解為何，少有會心莫逆之時，大抵皆各行其是，彼此之間隔閡甚深。然而，事情總會有例外的，就像我側身上庠十載，黌宮多見權謀紛爭，相知相賞之人自是難逢，與同事慶華兄的結識，自忖十分幸運，能有此「師友」一路提攜照顧，讓教書生涯多了點希望。我認識慶華兄有十年了，向來對他的治學為人十分欽佩，更是驚訝於他的才華橫溢，詩文小說無所不能，簡直是一個手握五采筆的奇葩，令人既羨且妒。今年年初，他遞給我一本影印稿，說是準備要出詩集了，希望我對這本新作說幾句話，接過詩稿後展讀再三，除了激賞讚嘆之外，心裡開始納悶像他學術著作這麼多產的人，居然還能寫出不少清新可喜的小詩來，真不知那來的時間和情思。雖然幾個月前即已應允寫序，但無奈自己向來疏

懶成性，又加上教學工作繁忙，因此也就一天拖過一天，久負厚望，甚感愧焉，還祈見諒。

繼《蕪情》（1998）、《七行詩》（2001）、《未來世界》（2002）、《我沒有話要說──給成人看的童詩》（2007）、《又有詩》（2007）後，《又見東北季風》是一五卷本的詩集，收錄周慶華的近作有百首之多，大都以短小的篇幅來記錄作者家鄉的風土人情，在在呈現詩人於物我交融後的靈犀感悟，語多雋永淺近，泰半作品清新可喜而又圓融飽滿，令人對東北季風吹拂下的山鄉僻壤有了幾分好奇。這些詩作計有十行詩39首，十二行詩44首，十四行詩17首，應該是作者有意選擇短小的篇幅，以有限的文字來表達無限的情思，大部分詩句的語言也都能力求具體精煉，讓人可以很快讀完又能留有整體印象，且不時玩味思索其言外意趣。詩人周慶華展現了相當深刻的觀察功夫，泰半作品的靈視聚焦之所在不外是他自己的家屋天地，其捕捉物象細貌的功力深厚，詩的文字明晰清澄，融合了知性與感性，尋常巷陌、斜陽芳草、圮牆廢坑、貓狗甕壺，娓娓道來莫不有情。其詩音聲幽窈深邃，物象與心象交疊融合，頗能解識草木山川鳥獸蟲魚之蹤跡。在他筆下，物象各任自然卻又由人透視，詩人且將自我隱藏其間，為物象代言，逼近其情性和感受，深

得現代「詠物詩」之旨趣。周慶華在詩的表現手法上，從早期到近期相當一致，無論是選取題材內容，或運用語言型式，大都用短小的篇幅和具體的意象修辭，淡淡幾筆細描粗繪世情物態，在數行或十幾行內頗見靈心巧慧，其低沈而又內斂的情思，泰半時候也能反映出詩的理趣來。然而，有些詩作的語言還不夠凝煉，意象修辭可再熔鑄，詩的結構張力鬆弛，似乎仍有改寫餘地。

　　這本詩集是周教授配合其弟藍慶國策劃、郭華誠攝影的「東北季風影像展」而寫就的，從390張臺灣東北角攝影作品中挑選了四分之一的圖片，以影像搭配文字，嘗試呈現九份、金瓜石、十分、平溪、北迴線等不同風貌，可說是富於個人感情色彩的臺灣地理影像。從這本詩集的名稱來看，作者便彰顯了微觀的「地緣詩學」，其詩乃聚焦於臺灣島嶼內部的地緣位置，以東北季風來象徵臺灣東北角的風土人情，還有那些屬於作者私密的個人和家族的記憶。這本詩集除了寫特殊的風景地貌物象之外，當然其中不免加入作者個人的情感經驗，詩篇裡到處可見屬於他自己的生命記憶，為這一殊異的時空之流剪取片段的風煙光景，留下幾行詩句見證歲月如何凋人朱顏。我聽說這本詩集將以影像搭配文字，同時以兩種藝術型式呈現東北季風吹拂下時空的周流遷化，我們

可以透過這些意象去感受瞬間存在的真實，那些自然景物如何在詩人及攝影師的心眼中「延異」姿色，暫且以心靈時間來抗拒客體時間的淹煎，雖然在流逝的時間細沙裡，我們的精氣神飄若游絲，終將匯入廣袤的星海之中。在這裡，攝影者和詩人以影像文字盡情地摹擬自然和現實，我們是透過他們的靈犀之眼來，在那暫停的瞬間看見一個世界，同時也感受到存在的真實。這些畫面和詩句所呈現的，也可以讓我們思考影像與詩境之虛實，儘管物象在時空裡會有所改變，但是記憶中的風景則能呈現出詩人和攝影家的夢想，也是他們在情感的自我投射，當然是二度或三度和諧下的藝術創造品了。但是，我感到興趣的問題是：從自然物象到攝影圖示，再到詩人的文字刻劃，這其間的心靈活動和創造行為是一個怎樣的過程？我們在這裡所看見的特寫鏡頭是怎樣一種經過剪輯的現實？詩句的意象並置所鋪陳堆疊出來的景觀，又呈現出什麼審美意境？其藝術感染力有多大？

在《又見東北季風》的〈楔子〉，作者開宗明義點出這些詩作可能隱含的記史記事傾向，詩的敘述聲音告訴我們說，在「起風的時候，流轉的生命就會被喚醒」，而跨越過山陵海隅的路線，總想「討回逐漸流失的崖岸」，決定「是否要逆溯前進，尋找一處渾然遺忘的家園」。詩集名曰《又

見東北季風》，作者藉此表達居此家屋的眷戀情懷，也頗有尋根溯源的味道。這一系列小詩景的符號可說是作者的經驗與記憶在時空中的匯流，正可以為我們提供一個詩意想像的場所，當詩人憶起時空旅次中的人事景物，在影像與自然現實中尋找過往的點點滴滴，或許他也希望時光的列車能靠站稍停，而空間總會把那壓縮過的時間，悄然置放在詩人生命經行之處。其實，我們的詩人一直活在清醒的日夢裡，他的夢想也將永存此世，他來自東北季風的小城，為我們揭露那一段久遠的過去，穿越一代又一代的家族記憶，透過物象人事的摹寫刻劃，這些詩訴說著愛的呢喃，同時也訴說著個人生命的力量，以及那永不向命運屈服的堅毅形象。

序二：有一種風長在詩人的心中

董恕明

　　經常，收到周慶華老師的著作，內容從艱深龐大的文學理論，到對當今文學現象的整體觀察，還有他為許多學生撰寫適合他們閱讀，又能提振他們學習視野的讀本……。總之，每一回接受他的餽贈，就覺得像是無形的鞭策，深感讀書人不能不在心魂上點起一盞燈，它始終要照看著一條生生不息的學問長河，這除了需要個人的勤奮用功，更要有種捨我其誰的熱情。

　　就在這乍暖還寒的初春裡，讀到周老師《又見東北季風》的詩稿。第一次讀他這樣大量且密集的「創作」，我雖然不曉得「東北季風」的吹法，和那位「浪漫詩人」徐志摩「我不知道風是在那一個方向吹」的風，是不是隨著時空流轉相遇了；不過，讀周老師的作品，與其說風如詩人，不如說詩人是風。他把自己深藏的心事，密密織進風中，隨著風的狂奔、流動、飄泊、駐足……，我們儼然聽見了風的嘆

息、深情、幽默與灑脫。當風在景中定格，詩人正在風中捕捉種種關於自然、山川、歷史、世情……的離合悲歡，靜靜說著：

山想念水

水渴望白雲

白雲正在扮飾一棵樹

樹催促著橋流動

流動中有許多的倒影

倒影從淺綠擴散到墨藍

墨藍裡的皺褶被冷風掀去

掀去的激情都會再回來

回來時不許帶著眼淚

眼淚留給一輛車

車要開到對岸

對岸看不見──〈牽掛〉

詩人在世間作詩，風在天地作畫。細讀詩人的文筆，再配上藍慶國先生策劃影像展中的攝影，這活脫脫正是「詩中有畫，畫中有詩」的現代版了。我們可以單單讀詩，它既是

謎面也是謎底，在文字中有多大的想像，對讀者便能生出多大的好奇。我們也可以單看影像，重溫年少「看圖說話」的心情。攝影者在他鏡頭裡留住的畫面，不正是古往今來多少偶然與必然的重逢？諦聽時光和流水、飛雲、枯木、鐵道、人家……的對話，風就在其間竄進竄出繪聲繪影，轉譯物我之間的密語。當然，我們更能夠「一圖一文」相互闡發，一葉風景恰是一首寫在風中的歌，不疾不徐，悠悠傳來一對人間兄弟的摯情，深深淺淺印在返家的小路上，沿途的老樹、頑石、細雨……都看到了，更別提多事的風。

翻頁，那個勤於筆耕的學者和戲耍天地的詩人，翩翩風度捉對廝殺，談笑間，一幅幅精采的生命光影，溫暖了夜空寂寞的群星，起風了……。

目　次

東北角海岸夜色

楔子

起風的時候

流轉的生命就會被喚醒

將一條殘敗的路線

從海隅劃經山陵的胸膛

然後跌落在孤島呼喚過的煙景裡

一陣緊急後還得追問

誰有橫跨無數世紀的情

能夠討回逐漸流失的崖岸

昨天堆疊出鴻濛一片的水氣

已經隨著南來的候鳥飛閃輕盈的金光

是否要逆溯前進

尋找一處渾然遺忘的家園

卷一　又見

十分・車站

一個背影

幾十年了吧

頂上的陽光還是燙的

不想拉長的影子仍然沒有縮短絲毫

兩條腿要計算的時間的長度

都輸給了風的顏色

失聲的沉進記憶的迴廊中安睡

去年天冷時搶佔枝頭的霜白

經過一個炎夏後就不再單獨飛翔

紛紛掛起皚皚如雪的髭鬚

放眼看去前面有雲天的缺口

正澹澹響著腳步踏破地心的豪情

聽剩的就滾落在命運的終點線

往後一家的擔負都扛在肩上的包袱裡

從日出到夕照從夕照到日出

十分・火車來了

旅次

我是星空中的過客

不帶走深鎖在故鄉的單憶

前面沒有光點鋪滿輕灑的地方

黑暗稍許就要起來開張引路

我看到遠處有雪國飄剩的落葉

逐漸旋出一缸被這個季節粗熨的滄桑

所有曾經漂白的想念都會寫在水湄的盡頭

然後等待微風吹起的愁緒裡有梔子花的芳香

入夜後它會變成滾熟的時間隨行

允諾我一起去攀爬失去經年的星球

緩緩的列車又要進站了

我得努力記得還給自己另一段旅程

十分・雨季

今世獨向煙濛

沉默已經堆出遠山的高度

最近的距離裡沒有時間的障礙

前去是一條忘記嗚咽的河

歷史還得給腳下的印痕運算重量

直到明天以後可以出清飛鳥的驚擾

我蹀躞只是貪愛一個未曾完結的家計

就像那橋上的鋼索不能停止對風的震盪

回看卸過妝的容顏都在斗笠下抗拒早到的霜雪

誰能替我的雨衣別上淒清的雙眼

在輕脆的拖曳聲後答覆每一次的好奇

我的菜籃裡沒有太多的秘密

往前的孤苦是今生最艱難的挑戰

過了這個關口

還有迢遙崎嶇的路隱身斂跡在煙雨迷濛中

十分・建醮廟會

繽紛

暖冬的一列火車剛剛駛過

人潮像煙霧般的聚攏來

高語著今年最盛大的一次饗宴

遠處敢情有幾許天光篩過的香薷

正要團圓迴向給這裡虔敬祈福的心靈

眼前兩排宮燈懸掛著一年來的閑願

將在晚上亮起一朵朵燦爛的紅花

修竹白髮洋車民舍都預約了

只剩十分飲食店一塊偌大的招牌

還不放棄遙想色彩褪去前的一度的風華

十分・暮色

錯過

我輕輕的撿起又放下

兩條遺落在人間的時光平行線

它們總不忘驛站唯一可以的短暫的相會

我望著地面深烙層疊的刻痕

想像一個遙遠沉寂的世代

前方有爆裂的燈光響起山城的故事

這個季節剛剛好溫度

即將要給未來數風的日子

黎明啟程

黃昏後回家

我的心懸在峰巒後的那一抹光影

灰濛的雲霧還沒有散去

十分・鐵道旁人家

一起偷窺

再靠近一點

我知道你在看我

貓族的世界不只是純然的嚮往斑駁

牠們卻留給我這個怯生的窗口

如果再讓我選擇一次

鄰居烤熟的魚塗上香料

配上冰透的海尼根

我都要狠狠的嚐它一口

就算醉了錯過今晚滿天的星星

明早還是不必走入狂風尋求噩夢的補償

你也懂這種便宜的邏輯麼

快點過來聽我細說當中的秘訣

十分·雨季

蕭瑟在樹後

期待打烊的稀疏的雨

在街裡街外已經飄落了一個晌午

十分好吃的切仔麵還遲遲不敢下鍋

他來了沒有帶著飢餓

傘下的精靈正在解讀一排沉睡的燈籠

這時節不冷不熱只是有點灰

只好把溫剩的心情送給對望的屋宇

明早散去的人會把市集帶回來

再望一眼從鏡頭延伸出去的天空

那裡還留有岑寂的樹書寫過風的痕跡

十分・犬氏二兄弟

第三隻

主人還沒有回來

我們的眼神快要渙散到可以湮滅一隻蚊子

這不是空腹要哀求美味

只為了等待太過漫長

灰黑的牆壁上有我們失禁的身影

歷史永遠不會記得這一頁

現在連時間都隨輕風悄悄的瘖啞了

沉默是留給你的最崇高的諂媚

我們還不能模擬翩然的下臺

中間的空位是離別前就預約好的

歸來吧兄弟

剛剛走失的氣味希望不要再錯過主人尋找你的嗅覺

十分・冬芒

光芒

斜陽搖曳著無雪的清姿

正要發現幾許流風篩落的銀光

不是時興嘈雜的身世不能惦記過去

我們學會了想像空白後的寧靜

自從遺忘交錯生命裡的一個章節

就得不斷擦拭經過挑選的敘寫

也許鴻濛的背景最適合冬天的祭典了

一截垂芒　招呼

一縷新熱

向著沒人的山崗齊聲吆喝吧

十分‧靜安吊橋

踩橋舞

卸去膽量向前走

撿一個掉落的音符算一個

墊在腳下的心情總是特別昂奮

跑開的伴侶不必急著回來

這裡有十個玩偶在演戲

鋼索是幕後的主角

燈籠喜歡跑龍套

戲臺就讓枕木去霸佔

好了　遠山和近樹如果你們要當布景

那麼記得留一個位子給風和天空

十分．鐵道旁住家

牆事

斑駁是我們終身的記憶

就在你不經意掃過的視線裡

一片牆和一堵摻灰的雲究竟有什麼區別

從來沒有人知道用眼睛去傾聽

鐵窗內沁出的陣陣呻吟聲

已經攪亂了一個亙古的傳說

我們無力給積壓的傷口長久抱怨

說漏了嘴的都散在方型的孔洞中沉睡

微風還是翻不過歷史的滄桑

有機會的話我們要重新改寫一遍

望古・平溪線火車

不必驚喜

我現身了模樣有點怪

就像毛毛蟲爬出封緊的繭

從頭到腳都還黏著自己的唾液

今天起要開始尋找可以凌風的翅膀

讓飛行成為一種渴望

你不用訝異

前面引導的路中有我今生迷失的回憶

兩旁綠色的喝采也彷彿要吞盡我僅存的英姿

不回頭是唯一的選擇

如果你想雀躍

後面還有一截尾巴卡在森林裡

請把它拖出來順便加以清洗

十分·靜安吊橋

網住

這回你跑不掉了

每一個腳步聲都纏在網孔裡掙扎

趕快喊救命呀

沒有盡頭的橋連接的是失去顏色的夢魘

層層疊疊的裹著脆弱的靈魂

投降會嫌太早麼

過去的歲月總是停在後面追逐反覆的空悵

一寸一尺的移動著平生最風光的想望

往回走找出路嗎

傘上還有一張特大的網

它包圍整顆心的企圖就像盛開的花

該控訴侵犯啦

最後你還是決定繼續單調的旅程

徒然種下一個黑色飄忽的問號

十分・雨季

嚇

再說一遍

該歪斜彎曲的就自動歪斜彎曲

不想找麻煩的也趕快迴避

撐傘走過是沒有用的　　那些

努力掙扎的光線還不是被我遮去了一大半

你很好奇誰拼湊的這樣的身世

那就去問問前面的車站

它一直縱容火車輾進輾出颱風

惹火了我只好張大雙臂圍捕噪音

看不慣是吧　　好

換新的答案給你

我是十分街道的最後一個路霸

十分・運貨火車

等待

風跑不掉的都臥成鐵軌存放
一個世紀以來就鑲嵌好了的清靜
無意給都市的驕客穿上滾燙的泥靴
蹀躞在山城的胸膛放肆喧嘩
總有幾次會遇見錘鍊過的陽光爆裂
輕灑著無煙的戀情後出局
想不起誰斷過的句子裡有塵埃
稀疏翻遍滿地紛飛的落英
我苦候了無數個朝夕的遷移飄泊
終於逮到你施捨的一個遠鏡頭

十分‧眼鏡洞瀑布

一統江山

千軍萬馬不夠形容每一次洩地的氣勢

高山上湧升的旭日磅礴還差堪比擬

月牙一定要削過眉尖帶給你連篇的錯愕

然後勇闖茂林後面半方透光的魅影

有誰可以做主把這一老天揀剩的日子挑起

迴向到沒有人煙的地方停歇哀悼風

潺慘的濛霧只為了無法安頓一個曠世的英豪

那邊的飛鳥已經等著喞起蒸騰飛出白瀑嚮往的孤寂

應該是時候了我要就地宣布

從現在起你的世界就是水的世界

十分・山城黃昏

還欠一次清醒

染不紅的天空裡有白晝酣睡的聲音

山頭的斜照還要迎娶夜鶯溫過的長夢

幾世的愛情疊起來也沒有一夕精釀的纏綿

隨他去吧等待脫困再生的黃昏

走過稜線的光暈也許知道沒有不可告人的秘密

就在脫掉綠衫的那一剎那掙開裸綁

從頭披起日夜卸不下風的重負

在數度的昏厥後頂住那即將傾圮的一片天

太累了沒有變化的生涯有過多的色彩

是否要沖一盆冷水來償還你過期的深情

十分‧礦場吊橋

舊地標

褪盡風華的是一個飽滿的沈噫

不給過往的歷史作修改不了的見證

想當時煤車顫動出的軋礫聲裡有黑色的希望

如今要強索多久才會看到一臺敲碎的泛光的重量

擎起的雲天還在等著釋放午後低盪的氣壓

你就知道昂首可以迴避那些遲來的詢問

跨河過去是前輩子叢結殘餘的夢想

沒有了搭檔依然能夠回望今後勝出的局面

把計算離別止付的淚眼貼上去

這裡還需要一位辭矛的武士雄踞兩世的蒼茫

十分・橋邊一隅

枯

喝酒的人走了不再回來

陶甕還在期待一次滾地的宿醉

凌亂雜陳的什物中有輕響

故事會從不經意的上風口竄出

看誰最記得菊黃蟹肥的季節

那裡總是禁不了千眠

你的盛情可以抵得上失散的邀約

在每一個報廢的晨昏

棄置不給理由已經慣壞了久候的味蕾

等著看正果就有機會重新輪迴

別了今生的痴愛

回報你還是同樣的槁木死灰

十分・鐵道倉庫

古訪

一半清風吹起一半醉意

跌撞在鴟梟烘暖過的陣溫裡

試探時間的腳步要趁早預定回程

那裡沒有缺席的史跡可以重登舞臺

唯一的一張荒蕪的臉寫著昨天的乾澀

曾經來過的那個人啃啃啐剩的酒糟

都緊黏在縫隙神遊山城尚未甦醒的繁華

還有什麼棘手的故事要標籤敘寫

趕快給個勇氣先吞噬眼前僵凝停擺的眼神

你喊芝麻開門看它會不會再度開懷大笑

卷二　又見東

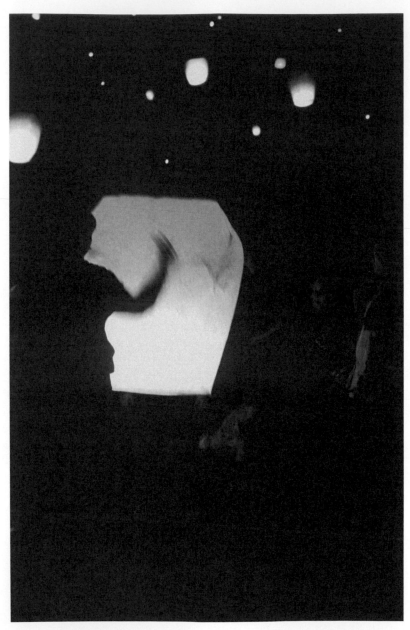

平溪・天燈祈福

夜空中的祝福

閉著眼睛後睜開風停了

世界的心跳聲已經變成透明的火燄

從每一個可以呼吸的空間冉冉的升起

你的仰望如同雕像揭幕的儀式

配上驚叫還能夠傳導過多的熱情

最後穿梭出來的一聲鼓譟鐵定要留給今夜的星空

我叼著幸福走過漫漫的長路

只為了一次準確的投擲

你可要張大雙手接好

漏掉了機會就得明年再來

菁桐・河岸階梯

拾級

想爬上去的時候

梯子就在眼前

算準了一格有一格的苔痕

它們正要夢醒遠山古老風化的靈魂

從鑿開混沌的驚異中走過來

在這裡可以眺望一個消失的桃源

沒有武陵人的搖櫓騷擾

也不知道有漢更別說魏晉

如果剛好遇到煙雨濕滑的日子

卸不下的背負就擔去

現在回家的路還躲在看不見的地方

你要停住腳步就得以後再商量

菁桐‧洗煤廠

凸

倘若你敢跨出一步

編不完的故事就會重新再來

那漏了風的山是否還在低低的吟唱

今生都註定要守著藍天微笑

你分給它的有曠古的銅味

坡上的秋芒最先知道

看過去高立斜倚的腳下是撐累了的一排旋律

逐漸漫上向陽的窗口輕盪出滿檔的靜默

最終還是必須成全你把持的慾望

讓即將跨出的一步去接收預備重新再來的故事

嶺腳・河谷大迴流

包住你

打從開天闢地的那一刻起

我們就想緊緊地黏著你

這是沒有辦法的事

誰教我們要扮演兩條受挫的河

在崢琮過後的嗚咽聲裡尋找天神掉落的眼淚

你不必經過掙扎來探索焦慮

這裡的仙人都已經乘坐白雲遠去了

只剩下風不分晝夜的颳著星月低沉的呢喃

你看在你茂密的髮叢裡可以找到什麼

乳香臀花還有一個青蔥的記憶

就是這樣鼓盪不起來的故事

讓我們跌回忘了連續記載的漫長的時序

你儘管笑說環抱是對空虛的召喚

但懷疑的背後依然貼著命定兩個字

菁桐‧老房舍一隅

借靠一下

真的有點累了呢

不要再強迫我計算

慘然的勞役裡有多少灰色的身影

如今倚著的矮牆有一半是空的

風吹過來不倒

都是因為頹喪攪動的關係

那裡有一罈酒麼

迷濛的眼神後面需要零買的醉意

只有我不兌換賒欠多次的酣眠

查證你還在嗎

時間長腳快步走了

我剛好撿到一缸盛得滿滿的淡漠

望古・消失的道路

算是天作之合

就是這個架勢

千等萬等也不會有人抄襲

專利權是屬於天空的

你想買斷版權必須給夠價錢

火車還在遙遠的邊界匡噹作響

這裡就忍不住先行釋放陣風即將失速的消息

你可曉得站立是另一種形式的衰竭

今天沿著軌道回家不能沒有多餘的思念

給個合十禮敬吧

不要等到顫巍巍時才記起一個扮路英雄的存在

東勢格・糯米橋

牽掛

山想念水

水渴望白雲

白雲正在扮飾一棵樹

樹催促著橋流動

流動中有許多的倒影

倒影從淺綠擴散到墨藍

墨藍裡的皺褶被冷風掀去

掀去的激情都會再回來

回來時不許帶著眼淚

眼淚留給一輛車

車要開到對岸

對岸看不見

嶺腳‧觀景臺

還欠宮商

天轎降落在廊柱間徘徊
只聆聽到一段拷貝的旋律
山谷的和鳴還沒有傳送上來
亭子裡就兀自的彈奏起迎賓曲
不能協調也只好這樣了
你瞧瞧這究竟缺少什麼
蟲鳴鳥叫或是快要睡著了的風
答案姑且寄在格子外的藍天
我們來攀爬時光的階梯
上去的當神上不去的當鬼

平溪 · 老街房舍

矮一截

有侏儒
這裡不能住人
他的髮他的臉他的腳
都快要被一張大嘴吞滅
風那裡去了
凝視的眼神裡有空洞的回音
後面的短牆和天空別再捉弄啦
我會撐不住扶他的壓力
再看仔細一點
原來什麼都不是
我要回家
讓他繼續偽裝

東勢格‧古道

爭

石頭是你的風是我的

世界從此分成兩半

別再計較了好嗎

不行　這並不公平

你的一半總是比較長

我的一半被壓迫得喘不過氣來

那你可以再站高一點啊

上面靠近頂格的地方還有空位

趕快踮個腳尖就到了

開什麼玩笑

你都探出格子了還叫我跟上去

這種把戲不新鮮

那你想怎樣

給錢　不然就自動砍掉一截

東勢格・古道

排排站

你來試彈幾下如何

美妙的音符會隨著風一顆一顆的跳出來

這不是上天的安排

我們老早就想站成一列

看看誰最先低頭認輸

現在可好了

大家都拚命往上衝成這樣

你的斜鏡頭還不肯放過我們

好像真的有一場演奏會要發生

請別再誤會啦

我們只是在等待一聲哨響

就要解散回家

平溪‧雨中放天燈

飛翔

努力一點升上去
你就自由了
眾人的喝采聲像喉糖
吃了止咳化痰
但不會開胃
你是天燈的王
亮一半照常威望
後面還有許多追隨者
將會點亮另一半
陪你乘風凌越星星的天空

望古·溪釣

河有點慵懶

不過是一條溪

冒充過後就變成河

澹澹的輕波裡浮出山的容顏

幾世以來都這樣欠缺巉削

兩個苦行的僧人還沒有到達津口

花傘就先佔據沙渚

問問誰要過去搶先登陸

艷陽推給清風

清風推給散落的遊客

遊客只管戲水

一條冒充溪的河

在晌午時分忘記了流動

菁桐・車站

蒼白

經過這裡的每一個容顏

都要自動停止卸妝

風想索取的示範不給

躑躅是最好的哀悼儀式

遠方還有一塊招牌沒有豎起

它即將寫著夭折的榮華

再聽一段飛白的滄桑

歷史就會被深沉的遺忘填滿

來吧我們一起彈唱

變調的午後燕歌

菁桐‧石底大斜坑

侵佔後

很重的負擔從頭上發芽

這是入秋以來第一件要緊的事

你看不到的彩妝它都斂去了

獨獨半掩的洞口還有風的唇印

召喚著一列不夠忙碌的火車

在這裡可以計算的長度

除了深邃就是那些滋長的觸鬚

到底還有什麼能夠用來佔領一天的時光

靜默呼叫著黑暗的恐懼

穿透一個碩大的身影

等你疲累再回來的時候

不必記得曾經走過

望古・交窯溪

琤琮

爭一口氣奔流到海

山在遙遠的追趕中延伸

亂石不會崩雲卻跳躍

擋著的是我的視線走失的是你的心

偷跑成就了迷路的狂竄

陰鬱必須留給最後一個需要補綴的情結

你說穿過樹叢就能夠得到救贖

我卻忍不住要哭訴這不公平的待遇

因為後面沒有參賽者

風到處在攔截我奮勇向前的動力

菁桐・晨霧

雲在山的虛無縹緲間

說話呀還在睡覺的夢

有一棵樹要抗拒一片混沌

氤氳掉落了兩個獵人的腳印

迴旋出一個白花花的世界

不要停止歇息呵這裡沒有焚風

可以颭走你吐露的游絲

且看慢到的天光正在尋找直線傾洩的縫隙

我早已拾獲了銀帶鑲嵌的誠意

就在半醒半醉間

送給你一起走出結局

大華・平溪線火車

偷溜

堅持的結果

表象被本質竊走了形式

你和他彳亍在光譜的兩端

讓給我擺脫瘟神的真傳

不知道要用什麼來酬謝年輕

投一束亮光就可以大膽的逐夢四方

這麼便宜的事卻不能吞食

有人會厭噁抗議忘了要失態

現在機會還在等待嘮叨

從噪音中脫穎而出

我得匍匐前進

才能替你們逮捕一車逃逸的嫌犯

通風報信的人想編派理由

請寄存在終點明天我會去領取

平溪・山谷黄昏

黃昏一景

赴約要快

慢一步抵達

你就看不到我金黃戀你的心情

昨夜遺失的墨染的夢境

即將從灰濛的天空蔓延回來

那裡有我千噸重的崇拜

一個頷首和風

就是一次曠古的開講

你會發現稜線上還留有低音度的震盪

再過半個時辰

我將要收斂

今天遲遲輕喚不出的青色的牢騷

嶺腳‧斜陽

兄弟倆

緣分是一場宿醉

少了解酒物就不會常醒

那湊和在牆壁上的岑寂的光影

永遠藏著錯雜的思念

在一度又一度的碰撞中分期釋放

幾時有過溫燙的銀鈴響

從窗櫺踮著出場

不記得抬頭也能看見它老邁了

回程時兩個邊框一定要顧好

這裡叫停的風已經發誓不再替它們清場守候

宿醉原來還欠一場緣分

星散以後別來解酒

卷三　　又見東北

雙溪・野百合

三世情

羞怯褪盡臉上的笑容

我看到你第一次的蒼白中有春夢

碎落了滿地補過妝的光華

重新再續緣的那個寒冷的晚上

你跌進我的心湖緊抱著帶鎖的憂愁

叢林裡有百飲不醉的解藥

現在該輪到我繳械投降

你可以放心的歸來

紫彤的條箋上已經寫遍無法信守的誓言

這一趟數風的旅程很累啊我的愛人

三貂嶺・摩天瀑布

倒懸

擎天柱

一樣不能折算風險

兩端會空白

銀練的家

找到幾千里外的水堰

正好沒有剩餘

石礫走的壁上多出一道削痕

濕漉漉

炭青強給的

反看半方藍的穹頂

少了低頭的空間

他要解脫

侯硐・山下人家

我要蜿蜒入山

腳程終於變出了新調

在近距離裡沉澱

翠綠的鼻翼狂嗅著猩紅

卻不敢中斷啁語

我要獨闖內地

通關後秘密才開始

裡面不是千折就是百回

落單已經成了定局

別回頭

入口一樣蕭瑟

侯硐・礦場軌道

綁

兩條線穿過去

恰巧到達你的咽喉

滿滿的絡腮鬍一塊停止呼吸

這是誰安排好的戲局

答案只有一個小小的問號

我還得鬆弛你依戀的碎散的白花

眼前再也沒有好奇的風信子

你我看的是同一片新蕪

拴緊昏蒙後就沉寂了

給你最後無謂掙扎的機會

從頭構思跑不掉的策略

縛住你的東西好想一次安息

三貂嶺・無人的住家

關閉冬天

量好腳步走到底

我們會分層守候你

陽光饋贈的斑白有去年沾到的霉味

正一點一滴的嵌入磚砌的相憶裡

代償的暗影中也許藏著褪過色的驚恐

神秘從此不必再煩憂去浪跡天涯

這裡早就沒有了散淡的人

你儘管夢迴到煙水三千里的國度

只是小心看好清洗不完的自由

奔放會從門鎖的消失點中走出來

現在我們有兩道關卡保住的是兩份情

一份給你一份給風

幾十年來就這樣目送著喬裝的過客遠逝

想念他們失去你後孑然一身的影子

三貂嶺・路邊拾偶

還沒飽

真的不騙你

別人都飽飫回家去了

獨獨我還沒有吃夠

你看誰會張這麼大的口

如果不是東西被廉恥搜括一空

我也用不著涎著臉等施捨

好了　四周一片綠意齊聲贊同

先把我下半身填實框牢

然後一起呼喊藍天

吃飯萬歲萬萬歲

風中傳來回音

萬歲歲歲歲

三貂嶺・路邊拾偶

爛漫

快點笑一個

不然鏡頭就要收起來了

機會只想這一次

誰搶先擠到前面

他就是快樂的小孩

紅的紫的綠的

風猜不來名字的都可以隱匿身分

背景出缺了

還在也沒有關係

我們已經得到一張撒野的通行證

現在就等你按下快門

然後慢跑離開

下回來拍照

記得給錢

三貂嶺・大門

遊戲人間

還差這麼一點

就到了九十度平舉

你不必太過羨慕

有勇氣就伸長再挺起來看看

赭色的門板都忍不住掉下滿地的斑彩

請問還有那位要試試手氣

拉一把抽兩成佣金

主人另外奉送一個空響

如果不滿意

待會偕風過來捶我

雙溪・外柑腳

聚散

圓不了的一場緣會

思緒停著忘記要奔馳

孵熟的樹總是欠風開叉

擁抱自由的人依然寫不出歷史

只看到雲在翻越山崗尋找迷路的枯木

頑石怎樣才能把一段情留給未來

形上的道困住邏輯後就丟掉了尾巴

回去村落補眠

倏地盎然的綠意發芽又抽穗

夢中還在狂想一次凌空的飛翔

沒有預期的相遇摻有甜澀的焦味

別了等不到的歡顏

今晚煲過的溫度已經失速

明早的重逢驚疑都在記憶裡

三貂嶺・合谷瀑布

不過是一次意外

想想如果你被包夾了

衝出去會遍體鱗傷

不動像一隻困獸

呼天搶地神佛都在嫌惡

喊爹娘卻遠水救不了近火

等待奇蹟或許有用

這樣如果還是被包夾了

那就自己施展威力

學風吹拂勾起對方的媚態

然後飛竄出來

哦　這只是勤前的演練

居然突圍成功

牡丹‧鄉村人家

網中情

還沒有說好要怎麼飆漲

你就自個先擺好架勢

把掌聲吞了再吞

只剩下篩盡的陽光一絲微溫

遠山在觀望

不願意伸出援手

被覆蓋的天空已經不會呼吸

獲救從此成了絕響

當颱風來臨時

必須賒欠一次希望

現在地上縱橫的都是我們虯結的心情

有誰能夠准許報備後就自動崩解

三貂嶺・行人便橋

歸

邁起步伐

孤獨是今生的旅程

家隨時會來陪伴

卻不在眺望裡

走遠的旋風把寂寞帶著

可以忘掉斑白的身世

盡頭不能說累

那裡還有黑暗看守

這一生註定要用長板拼成

蹤跡一片連著一片

三貂嶺·摩天瀑布

狂瀉

有人在偷看嗎

我已經傾倒一地

這是萬不得已的事

上面一直擠過來

把我的空間推了出去

整桶白練才一道加速墜落

你想抓兇手吧

他們都在看不見的地方竊笑

空中還有狺狺的迴聲

不要開罰單

給個補償的機會

我教風來回收

三貂嶺‧平溪線火車

再會

眼皮彈跳的剎那
又有一列火車開出了
在這個老於沉默的季節裡
不是你來就是我往
誰也不必牽掛時間上的刻痕
即將角逐一輛搏命的舞臺
計畫是屬於履歷表的
這裡沒有精明幹練的邀約
一個隱形人要睡覺
風別來打擾

雙溪‧路樹

就是要擋你

警告一次

可以維持多久

崗哨的規則上沒有注明

今天只好繼續站著

另外為了駭怕跑掉失去編號的無賴

我們必須一起貼著守望

你說後面有動靜

騙人的把戲

那裡從來就少了一個世界

我們不會上當

風還在耳邊呼嘯

你休想趁機偷偷闖關

侯洞‧瑞三礦場

渡

險峻不用金錢堆砌

一個弧形就可以聳動

來人啊快點劈開那汪水

它漫著腳讓我忘了去飛越

這不能苦勸時光倒流

架橋的人會震撼心疼的高度

如今那一端早就隱忍不說話了

從清晨暗淡到黃昏

不必回看　驚懼

即將和著風填滿胸臆

我決定橫跨過去

代替泅泳

侯洞・瑞三礦場

卡住了

扁掉的一個戳記

鏽蝕在陽光明晃的杉板上

轉不起懶懶的投影

巨大持續風化

歷史始終不給符號自由

那些經過書寫的創傷都說好好

左一圈右一圈

模擬從靈動中再度的復活

只剩下你提早抽走的雙手痙攣

還停在濃縮沉滯的地方

牡丹・北迴線列車

這裡有點清閑

該等的車還沒有來

最好不要來

來了就有失眠的麻煩

失眠從車的鼻孔發出來

麻煩會把我的胃拖拉出去

不來風就沒事

鐵軌必須去找別處的車

車是用來等另一條鐵軌的

它們終究得甜蜜或不情願的分開

我閑著也是閑著

別問為什麼

趕快乾了手上這一杯

侯硐‧雨景

冒煙了吧

不眷戀就是不眷戀

你再催促看看

我們屋頂和藍天分屬兩個世界

它浮雲我們飄霧

冬天我們散熱它結凍

兩個世界只在風中競爭碰觸

你俯瞰也就罷了

幹嘛要勾動一對饞過的眼神

看吧　我們可以自己發功

有東西竄出來了耶

雙溪‧田野人家

獨佔

爬累的雙腳

房子停在這裡歇著

路通向山的曲折

把眼前的田園一半給荒蕪

沒有亢奮的晃動人影

整個事件就得走進精采的前頭

時間吹不動風

茁長遺忘了修篁

不必來找答案

誰教我已經在這一帶稱霸

雙溪・田野一隅

發

只聽到第一聲

我就開了

如果號令不出現

花果可能也會飄零

我站上枝頭

就是要把膽怯還給不曾被風偽裝的人

他們永遠猜不透

粉紅的臉頰也可以包裹一顆基進的心

現在背景想配上什麼顏色

統統不重要了

來　深吸一口氣後跟我說

我發我發花花花

卷四　又見東北季

九份・暮色

夢中夢

夜了黑在燈光裡

掙脫風的牢籠

山要自許一個安眠

背後有人還在追趕喧嘩

睡不著的路只好盡力攀爬過崗

那裡的醇醪都是稱斤加碼

醉倒了必須立刻醒來

絃歌繼續穿著浴袍熱舞

聽得星星從一扇窗戶拼貼到另一扇窗戶

集體忘了偷窺

最後神秘走過來悄悄地說出

它們剛剛拱出一個復活的小香港

九份・大粗坑步道

正冬系列

從你決定步行

芒花就一寸一寸地萎縮

終於退到了禁地

牽著我的手

你會得到滿背的幸福

還有風涮過的溫暖

孤鶩不是愛的窩

這時節都鬆懈了半檔的心防

要向裡面走麼

前頭的高聳已經擋著

釋放包袱

你才可以重獲自由

九份 · 午後

看守

嘿　別再靠近

你沒看到我這樣橫陳護著嗎

如果有興趣

算你便宜一點

前進一格投幣十元

怎樣　不服氣是吧

那你說說看

詩人就可以狗眼看人低嗎

柏拉圖還在下驅逐令

我是他的信徒

繳完錢　撇風掩鼻

就特准你偷偷進入

還懷疑啊

難道你不知道理想國已經換了新主人

九份・五番坑

今天謝絕參觀

掘完黑金的人

昨天都走了

只剩滿牆斑污過期的紀錄

隨風絮聒著坑內無名的故事

這一段有缺口的歷史

圓不了你我的夢

從少數骸骨啜泣的迴聲裡

闇默會替它滋長纏綿的恐懼

不要再試探

我決意關閉這條早就回不了家的路

九份‧山城夜景

眺

山中可以輝煌的都在

閃躲一場捕捉

放了又拾起

遠來的新客重聽要統計出席率

給雞籠名山貼標籤

然後推出作品

書寫一張墨藍透黑的畫

風引路有金黃嵌綠的心情

頂端遮天的地方

還得補上一方石印

看看滿意了沒

大家冥想著車一起下山

九份・豎崎路

相逢

在狹路

萍水也能

仇人無緣見面不

店家跟石階

遊客駭怕擁擠後的

再兩次

就要累進稅率

上一行不算

遇見你得說句恨不

你未嫁時

如果這樣還是太老套

那就補上七次相逢

九份‧路邊拾偶

一生只有一次

驚奇上面還有驚奇

我們水柱的世界來自看不見的傳說

那裡流淌著清泉

沒有牛奶和蜜

上天只接受不帶條件的祈禱

福祐都藏在袖子裡

究竟是誰設計的

壺中的日月始終太長

悠閑會侵犯風

版權所有歡迎翻印

九份‧大竿林住家

壓迫

不過兩棵枯樹

有什麼好擔心的

這樣想著也能做夢

枝椏從此就一節一節的岔開來

那邊聳峙著的白雲

已經迎風擺好夾擊的姿勢

我低頭再低頭

連喘口氣都看不到肺活量

青灰的屋頂你還可以撐著嗎

我要挪動一下順便出去探探幾時才能翻身

九份‧大竿林社區

轉

來到這裡

沒路了

警告標誌還映在電線桿上

卻被凸出來的矮牆搶走風采

遠處有單程無力的呼喚

正在流行一半古老添味的戲碼

如果仍舊執意要反扳回來

就請狹道讓出一段犄角

和著光影扶著風

彎起少掉舞臺的波折

爾後蹭過去

你會消失路會活著

九份・階梯

荒蕪

春天的蹤跡

堆著夏天的腳步

想起去年秋天閉鎖的容顏

如今冬天卻著涼了

隔鄰在哀嘆

折返的冬天要許新願

漫過後鋪霜的秋天就可以償還

兩次不肯褪下濃綠的夏天

要留給明年的春天簡省著用

臺階上的清夢最先知道提早風化

四季從此併作一季

末了不必方向

九份・佛堂巷

避一下

隔壁走丟了阿毛

趕來這裡尋找

你就不能體貼一點嗎

退進去退進去

沒有命令下達不算違法

我要先躲人

他們說

目睹行蹤也是嫌疑犯

我卻比這個還慘

就像你滿臉縱橫錯雜的皺紋

永遠猜不透

徘徊的風霜會從那一帶開始鏤刻

我得分心坦白了

被擄獲的人今天鐵定回不了家

九份‧窄巷

借過

你沒看到

已經這麼窄了

還一直伴醉緊貼過來

我必須選擇被逼

牆上少許的暖陽只夠一次風光

然後跟著無聊一起剝落

窗內失序的世界

不能隨行

這裡只有我踽踽的身影

陰暗喜歡學你的高大壓迫

穿不過去的剎那

我就會讓你知道痛苦沒有的指數

九份・大粗坑遺址

屈

大丈夫能伸就能

屈了也沒有什麼關係

我退我退

不能再這樣戲弄

火大了會燒痛

助長風勢卻

饒了一個半新不舊的古董

地上的雜草都仆倒

我要數人頭

來還債

天神地祇聽令

放了寧靜

九份・貓影

看我

儘管看

今天身軀又膨脹了

尾巴倒勾

耳朵豎起還多出一個角

短腿胖了脊背

肚子勉強要收攏

回眸的地方沒有危機

過去灰白　　隨風

未來也許黯淡

佇足是最佳的選擇

九份・雞籠山冬霧

一點就靈

很不好意思

本來是要做成雞籠的

現在卻像個特大號的乳房

朝霞還來不及皴染

就被黃昏借風先抹上了薄霧

我要仰天長嘯

你同意嗎

矮個兒

全天下只剩你還在凝視

發現了什麼呢

一撮白光

還有活動的開關

你來按一下

看看會不會立刻噴泉

九份・茶樓

疊上去

快呀快呀

再不加油就沒地方擺了

我們是通風的積木

不能不向上發展

有人為了呼吸已經冒犯到了天際線

我們還在努力的爬

左右別擋著

一隻胳臂會報復

誰在喊停

我們伸出去的頭是絕不收回來的

九份・晨霧雲海

偽裝偽裝又何妨

看吧　右邊那一大塊

像不像阿里山上的雲海

嘎　你說左邊這一小塊唷

沒有問題

命令已經發出去了

所有挺不起來的山脊都給我小心

如果這樣還不行

那就請你把鏡頭拉遠一點

噴些霧讓它模糊淡出

腳下這些快著火的煙嵐

趁風來翻啊翻啊

不再硬裝就要穿幫啦

九份・豎崎路

釋放

你要一些遊客嗎

走下去的都給你接收

我撞歪嘴也要等

不撐傘的日子

這裡有濡濕的愛情

一階一階的堆厚起來

就是不缺少調配

你還會遐想精算風的黏度嗎

下回再來

我給你看漏掉的那一頁

卷五　又見東北季風

金瓜石・本山五坑

金瓜

進去出來

瓜在金字上分衍

億萬年的地動傳輸

成就了一條礦脈

掘著的是黃澄澄的笑容

失去的是驚恐

收拾傢俬回家後

發現雀躍和哀號都還留在坑底翻騰

這條鐵道有黑色蒺藜的刻痕

還是阻止不了泥水的侵蝕

假使磚砌的門面可以

見證半個世紀前的榮景

那麼我也有風的憑弔

一顆淘洗過的心

金瓜石・陰陽海

陰陽海

別再取笑了

這個名稱我不喜歡

那一邊是陰那一邊是陽

你說得出來嗎

為什麼不讚美我切割海灣的功力

這是十分艱難的任務呵

淡的給畢卡索

濃的給梵谷

波動的就當作裝置藝術

他們一定不會寂寞

風又要起乩了

我來猜猜這次是誰在附身

金瓜石・黃金公路

金龍就要升空

抓緊一點

不然牠會飛走

就只剩這101條了

我壓尾你蓋頭

倘若牠要繼續扭動

就電棒伺候

不行啦

牠也帶電

那就趕快鬆手

保住小命

你看　遠處已經起火了

我們必須放牠自由

連這一點細焰都澆不熄

真是不中用呀風

金瓜石‧禮樂煉銅廠

望

雲淡風也輕

一個藍色的夢在成形

格子裡的世界不再輝煌

還留有被理想薰黃的焦灼

放眼看過去

地平線隱沒了

海也失去急竄的浪潮

只有少許的飛鳥聲靜止了一切的不安和騷動

我還得這樣持續無心的等待

第二春才在遠方召喚

金瓜石・廢煙道

給錢就放你過去

停車停車

來人也一樣

千斤重的閘門藏在後面

誰都甭想要偷闖

零和的遊戲我們早就不玩了

擋一個賺一個

你沒看到大鉗子在旁邊候著嗎

夾了可是會哀哀叫

這個關口風不來把守

我們只好越俎代庖

很不爽嗎

好一個不繳錢的理由

沒關係

我們還是可以放野狗咬人

金瓜石・廢煙道

管事

貼著山的胸膛

就應該客氣溫馴點

你卻滾動著對海的思念

現在柔腸寸斷了吧

海並不想你

得到厭棄的是山

芒花雜草叢生著你的夢

連接不到當年的繁華

蒼白摻灰是最後的一個儀式

風在天邊等待

你懺悔

我就承認你做對了

金瓜石・廢煙道

又見東北季風　200

牽手情

好不容易登上這座山頭

先前互欠的債就別再計較了

天空很藍白雲稀少

遠景一片遼闊

沿路都是枯黃的希望

只要過了這個寒冬

我們未曾攜手的

這次不能錯過

再相看一眼給個允諾

回家吵架才有呈堂證供

風又停了

究竟決定了沒有

金瓜石‧金水公路

一半荒涼

皺褶的　斜坡

披上淺綠的百衲

蕪情從地下生長

不會偷渡的房子守著大海

風在拂面

山居的人殘了蹤影

從此不離身

告別一個世紀要多久的時間

無法茂盛的綠意回答

出櫃以後

就不用再擔心

長空裡沒有雁鴨飛過

金瓜石・黃金城堡

圍捕

看你往那裡逃

重裝車都開來了

你不是進袋就是跳崖

我吐出的銅屑裡有霉味

那是療傷的良藥

今天的逼仄演習視同作戰

給你一條生路

還我半世的風情

哈　逮到了

你這個隱形人

金瓜石・黃金城堡

誑

一幅缺料的山水畫

裱在木框裡沉睡

欄杆般的封條揭去以前

你都可以詢問風乾

那拔尖的山曾經住過的仙人

都有稱許和留詩

筆跡就在上方的空白裡

蓊鬱也是本色

還想知道什麼嗎

這一切一切都是真的

金瓜石・廢煙道

掙扎

已經夠凌亂了這裡

黑暗包著光明

碩大要在風中苟且偷生

捶壞了傷口

沒有錢買年節的禮物

算數還要索取回扣

我就坐著看你

滾出來

外面去結賬

別駭怕得雙腳發軟

我不是惡霸

他才是

金瓜石・神社遺址

失去了焦點

為什麼會走到這個地步

你問我我問誰呀

每個都可以矗立

就是不能追逐它的來歷

解散令還沒有下來

海隅很艱困才吞掉一條山脈

也許該向天禱告

聚會重新來過

那樣大家就不必陪風一起罰站

一排過去還有一排

別人不看笑話

我們會

金瓜石・黃金瀑布

衝得好

黃金黏地的故事

百年過去了沒有一點聲息

你一瀑湍急就搶走光彩

多少驚奇都寫在亂沫奔跳裡

兩山懊悔關不住柵欄

只得讚美你是天河

傾洩出了津液

奔放到露白的雄心

那個還在風景照中的人

探險結束了

快快閃開　鏡頭要清理場地

好給這一幕撼世的動畫一個頂禮膜拜

金瓜石・茶壺山頂

夾你

剛剛好一指寬

雖然醜了點

力道一定是超強的

你想試試嗎

碧海藍天都紅著臉叫過了

那一塊草地也興奮到不行

連岔路都縮小帶著走

還一路吐風狂喊

看到了嗎

通過我這一關就會眉揚嘴咧像神仙

金瓜石‧午後

倒

一次就要看夠

那些布滿眼前的新式火柴盒

它們趴著伸腿舒臂

山卻沒處喘息

我一個遊客

裝不了太多的投訴

好　行了

大樹別再晃動

最頂端那一盒加長型

有一天會被你的不耐掃下來

我坐在這裡

吹著暖風

過了午後就得離去

不知道什麼是同情心

金瓜石‧黃金瀑布

競流

誰規定的

水不能亂跑

我們就跑給你看

每一個地方都會坦露現真

那是連帶開心的表徵

你的疑惑要把它存進嘩啦啦的世界

等明年再來提清

旁邊被割裂的綠坡驚風

今世不能就地復合的

可以期待來世

我們還要重新表演一次

衝啊　看誰最先到達終點競流

金瓜石・夜景

再給一次安睡

黑夜覆蓋著

旅客的心忘了狂奔

學習凹陷和放光

是今天的最後一道功課

風不再引路

純墨了的山也漸形瑟縮

失眠即將多出

一個免疫力

給想要安睡的人

再叮嚀一次

金瓜石 · 茶壺山

撐

頂上去

天都熱了

誰還有心情談笑風生

那光暈想必是

神佛顯靈

準沒錯

我頂

還要再頂

每長一吋就得多擔一份責任

天發燙了也不能偷懶

金瓜石・雞籠山

讓賢

最好的位置都給你佔去

我還能說什麼呢

山不挺你

白霧也會護你

還有一棵忠心的樹

我已經無力隨風四處騁目

輪廓就是輪廓

線條也不失線條

給點補償費行不行

我現在就宣布你贏定了

金瓜石・金水公路

亂沒章法

蚯蚓一條　不
是蛇窩
知道了　腸灌糯米
彩帶揮舞
也不算猜錯
它的樣子總是有點邪門
啥事　俯瞰一次
沒罪也就罷了
千萬記得拿去清洗
完畢後可以慶功
那好端端的
滄桑來點綴綠幹什麼
束手就擒
外面不再有風吹過

後記

　　幾年前，國弟和他的業餘攝影好友郭華誠先生，利用空閒，集中一年多的時間跑遍臺灣東北角，拍攝、製作了「東北季風影像展」，不但取景和技巧都屬上乘，更讓原本被忽略遺忘的鄉土之美，一幕幕地呈現、勾勒出無限的懷想。

　　原來國弟在製作「東北季風影像展」時是有為部分照片撰寫文案的，讀來興味十足，也很能勾起我戀鄉的情愫；但後來因故都刪去了，徒然留下一些空白。因此，我這一百首詩作，在某種程度上是有為補白用的。而從另一個角度看，為那些照片配上一首首的詩作，感覺上它們又有了新的生命。

　　這些詩，有一份兒時的記憶在催促著我必須對這些景物有多一點的懷念！小時候，隨著父親採煤工的生涯，不斷地從一個礦場遷居到另一個礦場；稍長，又搬離宜蘭石城老家來臺北瑞芳定居，整個臺灣東北角成了我們的遊憩地，而「寫我家鄉」的衝動也就跟著與日俱增。

　　影像展中的照片，幾乎都拍攝於冬季，所以取名為「東北季風」，無非是看重冷風襲境時特有的森寒淒迷的美感；

而我的「又見東北季風」則又多了一份陰濕多雨的根觸，那是蝸居小鎮多年最難消受的一件事。慨允為本影像詩集寫序的王萬象教授和董恕明教授，他們所分別概觀的「我們可以透過這些意象去感受瞬間存在的真實，那些自然景物如何在詩人及攝影師的心眼中『延異』姿色，暫且以心靈時間來抗拒客體時間的淹煎，雖然在流逝的時間細沙裡，我們的精氣神飄若游絲，終將匯入廣袤的星海之中」、「我們更能夠『一圖一文』相互闡發，一葉風景恰是一首寫在風中的歌，不疾不徐，悠悠傳來一對人間兄弟的摯情，深深淺淺印在返家的小路上，沿途的老樹、頑石、細雨……都看到了，更別提多事的風」，則不啻代我埋下了本影像詩集將影像和詩作併合所圖的那一份「幽餘之情」；它所帶給我的另啟澹然惶惑的宿臆，恐怕要繼續在扉頁間穿梭翻騰。

　　寫詩，對我來說是在釋放多餘的能量。因此，我的詩觀也就經常要停留在「因為野蠻，所以有詩」的階段。王萬象教授在序中的多方美言，形同在為我妝點裹飾一顆恆久不安的心；而他的唯美中見艱難歷事的筆調，則撫慰鳴共了我蹈世緣欠的情懷。如果再回到前年暮春時分，我們一群人合辦了一個詩展，董恕明教授現場即興創作中有一首＜起風了＞

詩作專門在素寫我所選展的「又見東北季風系列」，那又有
另一番的新情助我：

　　成排迤邐而去的風景，淡淡溢出
　　時間的暗香。成群朝星空奔去的山色，傾倒一壺
　　酒或披上一汪月色的品味，也遠遠比不上，那九轉
　　金龍，閃閃動人的盪氣迴腸，一扇門，紅著臉
　　站在歲月的身後，悄悄遞給他一把鎖，記得
　　包裹好的相思，寄存在那飛瀑的心房。上路吧
　　偶然經過的風，在歪歪斜斜的腳印中，每
　　走一步，打西邊升起的太陽，會暖暖護住
　　死去的憂傷，寄給
　　遺忘，珍藏

　　由東北角延伸到東海岸，那陣陣旋出鹹味又急起狂飆的
季節風，總是不停的颳來脫落的歲月的殘片，上面記載了青
澀的年少頑痴，還有一段不能典當的鄉情。如今我補了詩，
家鄉紋過風霜的景物又重新在我心頭躍動，熟悉中帶有那麼
一點陌生；這敢是從此可以卸下擔負，不必再問蒼茫。

周慶華

國家圖書館出版品預行編目

又見東北季風 / 周慶華著. -- 一版. -- 臺北市：
秀威資訊科技, 2007[民96]
面； 公分. --（語言文學類；PG0147旅人系列；1）

ISBN 978-986-6909-94-8（平裝）

851.486   96012395

語言文學類　PG0147

旅人系列 1：又見東北季風

作　　　者 / 周慶華
發　行　人 / 宋政坤
執 行 編 輯 / 詹靚秋
圖 文 排 版 / 郭雅雯
封 面 設 計 / 林世峰
數 位 轉 譯 / 徐真玉　沈裕閔
圖 書 銷 售 / 林怡君
法 律 顧 問 / 毛國樑　律師
出 版 印 製 / 秀威資訊科技股份有限公司
　　　　　　台北市內湖區瑞光路583巷25號1樓
　　　　　　電話：02-2657-9211　　　　傳真：02-2657-9106
　　　　　　E-mail：service@showwe.com.tw
經　銷　商 / 紅螞蟻圖書有限公司
　　　　　　台北市內湖區舊宗路二段121巷28、32號4樓
　　　　　　電話：02-2795-3656　　　　傳真：02-2795-4100
　　　　　　http://www.e-redant.com

2007 年 7 月　BOD 一版
定價：340 元

讀 者 回 函 卡

感謝您購買本書，為提升服務品質，煩請填寫以下問卷，收到您的寶貴意見後，我們會仔細收藏記錄並回贈紀念品，謝謝！

1.您購買的書名：_____

2.您從何得知本書的消息？

   □網路書店　□部落格　□資料庫搜尋　□書訊　□電子報　□書店

   □平面媒體　□ 朋友推薦　□網站推薦 □其他_____

3.您對本書的評價：(請填代號　1.非常滿意 2.滿意 3.尚可 4.再改進)

   封面設計____　版面編排____　內容____　文/譯筆____　價格____

4.讀完書後您覺得：

   □很有收穫　□有收穫　□收穫不多　□沒收穫

5.您會推薦本書給朋友嗎？

   □會　□不會，為什麼？_____

6.其他寶貴的意見：_____

_____

_____

_____

讀者基本資料

姓名：_____ 年齡：_____　性別：□女 □男

聯絡電話：_____ E-mail：_____

地址：_____

學歷：□高中(含)以下　　□高中　　□專科學校　　□大學

     □研究所(含)以上 □其他_____

職業：□製造業 □金融業 □資訊業 □軍警 □傳播業 □自由業

     □服務業 □公務員 □教職　□學生 □其他_____

To：114

台北市內湖區瑞光路 583 巷 25 號 1 樓

秀威資訊科技股份有限公司　　　收

寄件人姓名：

寄件人地址：□□□

(請沿線對摺寄回,謝謝!)

秀威與 BOD

BOD（Books On Demand）是數位出版的大趨勢，秀威資訊率先運用 POD 數位印刷設備來生產書籍，並提供作者全程數位出版服務，致使書籍產銷零庫存，知識傳承不絕版，目前已開闢以下書系：

一、BOD 學術著作—專業論述的閱讀延伸
二、BOD 個人著作—分享生命的心路歷程
三、BOD 旅遊著作—個人深度旅遊文學創作
四、BOD 大陸學者—大陸專業學者學術出版
五、POD 獨家經銷—數位產製的代發行書籍

BOD 秀威網路書店：www.showwe.com.tw
政府出版品網路書店：www.govbooks.com.tw

永不絕版的故事・自己寫・永不休止的音符・自己唱